# 書簡物語

篠塚昭博

（1）

平成二十五年の夏も終りさわやかな風を感じるようなった九月、四国高松を出で大阪の大学に通う三年生の正吾のもとに一通の封書が届いた。差出人は二宮久美子となっている。その氏名の横には正吾の出身高校が付記されていた。正吾は同窓会の案内かと思いつつも女性像が思い浮かばない。

不審に思いながら記憶を辿っていると同じ吹奏楽部の一年後輩の女性（ひと）であることに気が付いた。眼鏡をかけ長い髪を無造作に束ねていた。担当はフルート、明るくみんなから好まれるタイプの娘（こ）であった。卒業して二年半しか経ってないので同窓会にしては早すぎるなと思いながらも封を切った。そこには同窓会の案内ではなくきれいな文字で綴られた便箋があった。

『　前略

初めてお便りします。私、高校吹奏楽部でご一緒させて頂きました一学年下の二宮です。憶えていらっしゃいますか。突然お手紙差し上げたのは、どうしても押さえ切れない私の気持をお伝えしたかったからです。

部活動ではいつも緊張した面持ちで谷さんを遠目に拝見しておりました。何んとかお近づきになりたくて下校時に校門前で待ち伏せしたことも何度かありました。しかし、それも叶わず寂しい思いをしました。やがて谷さんが卒業されたことで私の想いも吹っきれると思ってました。しかし、離ればなれになり、私自身も卒業後は環境も変わったことで考えも変わると思ってましたが谷さんを慕う気持はいささかも変わらなかったのです。むしろより高まった気もしております。

失礼なこととは重々分かっておりますが谷さんのご近況などをお知らせ願えませんでしょうか。ご返事を戴けたら嬉しく思います。

突然の不作法お許しください。　　かしこ

※谷さんの住所は吹奏楽部で谷さんの同期の方に伺いました。

二宮久美子

谷　正吾様

平成二十五年九月〇日　』

正吾は驚いた、ラブレターではないか。当時、彼女は部内でも活発で目立ってはいたが正吾としては特に気になるような娘（こ）ではなかった。正吾には今大学で付き合い始めたばかりの新入生の女性がいたのだ。手紙にはどう対処したものかと悩んだ。さらに、頭の中ではプログラミングの研究のことで一杯でそれどころではなく手紙はそのまま放置した。むしろこのまま話が消滅することを願った。しかし、四～五日経ったところで思い直した。相手が高校の後輩でもあり無視することに後ろめたさを感じ取り敢えず返事だけは出し物事を穏便に済まそうと考えた。

『　前略
先日のお便り驚きました。まさか二宮さんからこんなお便りを貰うなんて。部活時代は練習熱心な後輩だったと記憶してます。ただ私も今は研究に追われてお付き合いなんて無理な状態です。お気持は嬉しいですがどうかご容赦願います。
ではお元気で。
草々

二宮久美子様　　　　谷　正吾
平成二十五年九月×日
』

正吾は便箋一枚に用件のみを書いて投函した。これでこの問題は解決したと思った。

（2）

十一月の半ばになったところでまたしても二宮から封書が届いた。正吾は“なんだよ、またかよ！”といったしかめっ面で封を切った。


『寒くなりましたが如何お過しですか。研究にお忙しいと推察致します。

お手紙拝見しました。思った通りの内容でした。重ねて不躾な質問させてください。谷さんは今お付き合いされてる女性（ひと）はいらっしゃいますか。もし、いないということでしたらくどいようですけど私とのことをお考え願えませんか。前にも申しましたように谷さんが高校を卒業なさった時点で私の想いは終ったと感じました。しかし、何んと言ったら良いのか、どうしても谷さんのことが頭から離れないのです。どうかもう一度お考えください。お返事、お待ちしております。

かしこ

谷　正吾様

二宮久美子

平成二十五年十一月〇日

』

正吾は手紙を読み終え、面倒臭さを通り越し軽い怒りさえ憶えた。丁重に断ったにも拘わらずまたしても言ってきた。なんて失礼な女だと思った。興奮した正吾は手紙を机に放り投げた。一方で正吾が付き合っていた女性というのは容姿は問題なかったが性格的に気の強い性分だと分かって正吾の気持としては受け入れ難くなっていた。又、正吾の研究というのは毎月成果のレポートを提出しなくてはならなかったので、毎日が忙殺されているという状態だった。色恋だの言っている場合ではなかった。

（３）

年が明け早や三月を迎え学年末も迫っていた。この時期になり二宮からの封書も途絶えていたので正吾としてもやっと彼女が諦めてくれたものと思っていた。ところが桜が咲く四月に入ったら二宮から三回目の封書が届いた。

『　前略
久し振りにお便りします。これまでのようなお手紙の往復だけではお互いの気持もうまく伝えられないと思いますので一度、お会いしませんか。そこで二人の考えを明確にさせたいと思いますがどうでしょう。日時、場所などは谷さんのご都合で構いません。大阪でもどこでもお伺いします。ご連絡をお待ちしております。
かしこ
因に携帯番号は０８０‐○○○○‐××××です。
谷　正吾様
二宮久美子
平成二十六年四月×日
』
正吾は二宮のくどい言い様にあきれた。いっそのこと電話で直接断わりを入れようとも考えた。しかし、会話中につい興奮して怒りをぶちまけるような事態になるかも知れないと思い直し、あくまで冷静を装い文面にて以後の交信無用の旨を伝えることにした。
『　前略

お便り拝見しました。会って気持をハッキリさせたいとの申し出ですが、申し訳ないですが私の研究も一段と忙しくなって全くその気もございません。もうこれ以上お便りするのはご勘弁ください。

草々

平成二十六年四月〇日
谷　正吾
』

学業が忙しいのを言い訳にして正吾は体よくこのことを終りにしたかったのだ。これが功を奏したのか以後夏休みが過ぎても二宮からの手紙は途絶えた。以後正吾も彼女から開放され学業に専念できた。

（4）

残暑厳しい九月のある日、正吾はゼミ仲間の沢田とビアガーデンを訪れた。研究の息抜きとそれに対する彼の気さくな意見を尋くためであった。仲間といっても沢田は浪人していたため年令は正吾より一つ上であった。時間が経つにつれ酔いも手伝い正吾は意図に反し高校の後輩女性から手紙を貰ったことを語り始めた。内心

〝俺はもてるんだ〟ということをアピールしたかったのだ。さらに自分としても迷惑だから交信を拒絶したことも沢田の同意を求めるように喋った。沢田は暫く考えた様子で言ってきた。

「そうか、そんなことがあったのか。そりゃ一方的に言われても迷惑な話だよなぁ」

と同調の姿勢を見せてくれた。しかし、続けて違うことも言ってきた。

「十代の恋は大人になってからの恋とは違い一途で純粋なんだよなぁ、ただただ、王子様お姫様の世界と言えるね」

正吾は沢田の意見を一言も聞き洩らすまいと耳を傾けた。十分ほど語り合ったあと、沢田も気分が乗ってきたのかさらに続けた。

「昔、雑誌かなんかで読んだけど、男女共に言えるがいくつも恋を重ねた人でも初恋の想いは決して消え去ることは無いらしいぞ」

「ふ～ん、そうですかね」正吾は相槌をうった。

「彼女としても新しい恋に向けて過去のことにけじめをつけたかったのではないか？」

「う〜ん、難しいな〜！」と正吾は叫び終えると呑みかけていたビールを一気に流し込んだ。

沢田と別れアパートに戻った正吾はほろ酔い加減のままベッドに倒れ込んだ。頭の中では沢田が言った〝初恋〟という言葉が思い返されていた。それに正吾としても二宮との音信が途絶えたことで返って彼女のことが気になり始めていた。しかし、正吾は彼女のことは忘れようと学業に励んだ。研究成果も伸びて仲間内ではトップを争うまでになった。教授は〝あまり根を詰めるなよ〟とまで言ってくれた。正吾は研究に専念すればするほどに成長している自分を見出し、そこに大きな喜びを感じていた。ゼミ仲間達からも賞賛の声を貰った。

（5）

晩秋のある日、正吾は最後の大作である卒論も一段落したところで気持にゆとりも生まれた。そうした時ふと二宮のことが大きく頭に浮かんだ。〝彼女、今頃どうしているのだろう？〟九月にビアガーデンで交わした沢田の言葉が妙に心に引っかかっていたのだ。今となっては二宮に彼氏がいるかも知れないと思いながらも今度は正吾が彼女の近況が無性に気になり出した。

そして、あれこれ悩んだ末、こちらから断交を伝えておきながら二宮に連絡することにした。それも携帯を利用しても良さそうなのにわざわざ手紙を認（したた）めた。というのも自分では交際を一方的に断っておきながら今度は逆に自分が即同じことをされることに対し強い拒否感を抱いたからであった。正吾は自尊心の強い男であった。

『　前略

久しぶりにお便りします。何んで今ごろ?とお思でしょう。なんて身勝手な奴だと言われても仕方ありません。勝手ついでに卒直に言わせてもらいますと、近いうちにお会いできたらと思ってます。私も色々考えましてあなたが仰（おっしゃ）ったように結論はどうあれ直接会った方が良いのではと思い直しました。私の方から高松に出向きます。十日後の日曜日どうですか。ご返事お待ちしております。私の携帯番号は０８０-○○○○-××××です。　　草々

二宮久美子様

平成二十六年十一月×日　　　　谷　正吾』

四月に正吾から最後の便りが届いてから半年以上が過ぎ久美子は心に張り合いをなくし空しく日々を送っていた。正吾へ筆を執る気力ももはや失せていた。ここまでやって振られたからにはいつまでも谷のことを考えても仕方ないと、自分なりに踏ん切りをつけ、これからのことを考え始めていた。そんな折、思い掛けず谷からこの封書が届いたのだ。〝えっ？〟今更とためらいながら封を切った。

読み終えて久美子は正吾に対して強い不信感を憶えた。自分の方から一方的に拒絶してきたのに、今回は全く反対のことが書いてある。しかも急ぎ会いたいなんて人をあまりに馬鹿にしている様にしか思えなかった。気持の整理がつかなくなった久美子は深いため息を漏らした。そして、暫くしたところであることに気が付いた。それは自分もこれまで谷に対して同じ様な失礼なことをやってきたのではないかと。

二日後、久美子は気持の整理をつけ自分のためでもあるし谷の申し出を受け入れることにした。早速、その夜に電話を入れた。緊張で指先が震える。五回の呼び出し音の後電話がつながった。

「もしもし、谷です！」

「もしもし、あの～二宮です。お久しぶりです」

「二宮さん？　電話ありがとう。もしかしたらもう連絡は来ないかと思ってました…。お元気ですか？」谷は自分でも驚くほど自然に言葉を紡いでいた。

「えぇ…」

「それで実に急な勝手で申し訳ないですが、今度の日曜日、お会いできませんか？」

正吾は言いたいことを一気に喋った。

いつもの強引な言い様に久美子は不満を憶えたが了承の旨を伝えた。

「では、高松駅前の大きな喫茶店〝A&S〟で会いましょう。分かりますか？」

「えぇ、分かります」

「では、午後一時にそこで待ってます。詳しいことはその時話します」

「分かりました」久美子は素直に応えた。

正吾は自分の用件を済ますとサッサと携帯を切った。電話後、正吾は意外に思えたことがあった。彼女がこれまでの手紙のように無理難題を言ってくるかと思いきや素直な態度で接してきたことである。直接に話したことで二宮の意外な一面をみたような気がした。

（６）

約束の当日、正吾は定刻の十分前に店に入った。見渡すと彼女はまだ来てない様子だった。正吾は入口から見えやすいようにと店の中央付近のテーブルに腰を降ろした。コーヒーをオーダーしたあと携帯に目を通し始めた。しかし、画面をながめるだけで内容は頭に入ってこない。入口付近と携帯を交互に見つめるだけであった。そして、ちょっと携帯に目を奪われていた時ふいに背後から声がかかった。

「あの～、谷さんですよね？」

驚いた正吾はあわてて見上げた。すでに来ていたのか、そこには髪をだんごにまとめ挙げ、色白でシックなワンピース姿の女性がたたずんでいた。

「二宮さん？」と半信半疑のまま正吾は聞き返した。

「えぇ、お久し振りです」と彼女は返してきた。メガネもなくすっかり大人の女性に変身した二宮に正吾は目を丸くした。高校の制服姿の彼女しか知らなかったので、この四年間での変わり様に驚かされた。正吾は動揺しながら前の席を案内した。目の前にした二宮は際立っていた。そして、二十才を過ぎると女性は急にきれいになることを改めて実感させられた。着席するやすぐに久美子の方から切り出した。

「これまでの数々の失礼な手紙お許しください。なんとか谷さんとお近づきになれたらと思いましたので…」

そこにやって来たウエイトレスにコーヒーを追加注文した。そしてすぐさま谷は続けた。

「そうだよ、なんて失礼な奴だと思ったよ…」

「……」久美子は何も応えずただうつむいていた。そこで正吾は話題を変えてきた。「しかし、すっかり見違えたよ、今は何をしているの?」

「専門学校でデザインを勉強しています」

久美子はたじろぎながら応えた。

「ふ〜ん、もう楽器はやってないんだ」

「えぇ、少しでも就職に役立つかなと思いましたので…」

「そうですか…。ところで今日無理に会ってもらったのは以前にあなたがおっしゃったように手紙だけでは無理だと思いまして、直接会ってキチンと話すことにしたんです」

「……」

久美子は正吾の物言いに返す言葉がなかった。強張った表情のままである。少し間があった後、久美子は覚悟を決めたようで正吾を見つめて核心に触れてきた。

「谷さんは今お付き合いしている女性（かた）はいらっしゃいますか?私もいつまでも谷さんにご迷惑をお掛けしてはいけないと思って新しく出直そうと考えていたところです」

「……」今度は正吾の方がたじろいだ。

「それとももう一つお聞きしても良いですか?」

「どっ、どうぞ」

「谷さんは吹奏楽部時代、私のことをどう思ってましたか?」

「…、失礼とは思いますが単に部活の仲間という感じでした」とは応えたものの正吾は久美子の逆襲にたじろいだ。

「そうですよね～」久美子は目を伏目がちにして応えた。続けて正吾は言った。

「それと最初の質問だけどずっと研究やら、卒論で忙がしくて今付き合っている女性（ひと）はいません」

久美子は自分が谷の恋愛対象でないことを直接聞けたことでもはやスッキリした気持になっていた。もう正吾から何を言われても受け入れる覚悟は出来ていた。二人は今日がどういう日なのか十分解っていたのでこれ以上会話も弾まなかった。そして、正吾は腕の時計を覗き込むようにして言ってきた。

「悪いけど卒論で忙しくて大阪に戻らなくてはいけないんだ」

見違えた久美子を前にして正吾はすっかり動揺し、自分でも何を言っているのか分からなくなっていた。予定していた決別の言葉はもはやどこかに吹っ飛んでいた。そして、久美子の目を見据えて正吾はさらに続けた。

「今日は結論みたいのはなかったけど、又近いうちに逢いたいけどいいかな？」

「えっ？」久美子にとって思いもよらぬ声かけであった。今日が最初で最後の出会いだと思っていたので全く違う展開に返事に窮してしまった。

「又ぜひ連絡させてくれ！」と正吾は強引に言ってきた。正吾としても冷静さを取り戻すための時間が必要だったのだ。この日の久美子としても想定外の中途半端な気持のまま別れることになった。彼女としては強気だった正吾が一体何を考えているのか全く分からなくなっていた。

## （7）

十二月に入るや否や、久美子の元に正吾から封書が届いた。今回はなぜかいつもの定型の白い封筒ではなくやや大きめの茶色の封筒であった。心なしか、宛名書もいつもより丁寧に思えた。何んだろうと思いながら封を切った。中にはいつもの便箋ともう一枚違う用紙が入っていた。すかさずまずその用紙を開いてみた。それはなんと「婚姻届」の用紙であった。〝えっ、何これ？〟と久美子はおもわず叫んでしまった。しかも夫の氏名欄には谷正吾の署名がしっかりなされていた。おもわぬでき事に久美子の頭の中は混乱をきたした。平常心を取り戻そうとまず自分の部屋に駆け込んだ。そして、深呼吸をして動揺した気持のまま便箋の一字一句に目を通していった。

『　前略

先日はお会いしまして愉しい時間が過せました。ありがとうございました。実はこの時にきちんとお別れの意思を伝えるつもりでした。しかし、お目に掛かったとたん私の中で衝撃が走りました。あなたは私がこれまで思っていた二宮さんとは全く違う女性だったからです。考えてみれば当然のことですが、二宮さんは四年前と比べたらすっかり大人の女性になられていたんですね。

あの日別れてから冷静になり色々思い返してみました。お便りではあれこれ言ってこられた二宮さんは改めて面と向ってみるともの静かで素敵な方でした。こう言うも変ですが今度は私の方が一目惚れしました。唐突ですが卒直に言わせてください、結婚を前提にお付き合いください。二宮さんの気持を無視して失礼とは思いましたが、この方法を採らずにいられませんでした。

又、近い内にお逢いしましょう。連絡します。

草々

平成二十六年十二月〇日

谷　正吾

二宮久美子様

』

いきなりのプロポーズ、あまりにも身勝手で人を馬鹿にしていた。久美子は便箋・婚姻届を即破り捨てようと思った。先日の別れ際に〝又、近いうちに逢いたい〟と言った谷の言葉に淡い期待を寄せてはいたが、ちょっと常識はずれの物言いには閉口させられたのだ。しかし、こんなことではめげるような久美子ではなかった。それどころか時間が流れるのにつれ急速に穏やかな表情を取り戻していった。というのも久美子にとって谷という男が大事なことは面と向かっては言えず、こういう手段に頼ろうとすることがいじらしく思えたのだ。これまで谷に費やしてきた努力が今報われようとしていた。

久美子は手紙を何度も何度も読み返した。そして、文中にある〝結婚を前提にお付き合いください〟の文言一文字一文字を愛しむように、人差し指で繰り返しなぞっていた。正吾としてもこれまで久美子に対し冷たい態度をとってきたが内心彼女のことが好きだったことに気付かされたのだ。

# 春雷

篠塚昭博

（1）

金子保の下宿は国鉄南武線沿線の溝口（みぞのくち）にあった。築百年を越す昔ながらの名主（なぬし）の住まいだっただけに風格ある佇まいを見せていた。

「ただいま～」

昭和四十五年の初夏、保は蒸暑いなか背広を片手にYシャツを濡らして帰ってきた。黒光りする廊下に上がるや床を〝キュッ〟〝キュッ〟と鳴らして洗面所へ向った。この軋む音に保はこの建築物の歴史を感じとりとても気に入っていた。

保の勤務地川崎までの電車所要時間は二五分程度と大都市郊外にしては楽な通勤と言えた。しかし、仕事の面では残業続きでいつも帰宅時刻は八時を過ぎていた。それでも今日は比較的早い帰宅であった。

「お帰り！」

ここの下宿の家主であり、賄いをやってもらっている昌江が玄関そばの居間から顔を覗かせた。

「今、お味噌汁温めるからね！」

「いつも遅くなってすいません、今日も僕が最後ですよね！」保は洗面所から声掛けた。

「そうよ！」昌江は明るく応えた。

いつものようなたわいない会話が続いた。

保は二十五才、九州の大学を卒業してすぐにこの屋敷にやってきた。下宿生活も四年目を迎えていた。仕事はというと川崎の駅前にある小さな建築設計事務所で働いていた。行く行くは一級建築士を目指している。

この屋敷には保の他にもう一人下宿人がいた。川崎市役所に勤める森田である。公務員らしく万事控え目な性分でやや暗い感じの男であった。保は早目の出勤のため朝森田と顔を合わせることはめったになかった。会ったとしてもお互いに挨拶するだけでとっても気難しい男であった。

彼も八年前に就職と同時にここに入居したが気に入ったのか三〇才を過ぎても出て行く気配はない。

昌江は居間で一緒に寛いでいた娘の千恵に食堂に来るよう声掛けた。

「ほら、保さんが食事だから話し相手をしてあげなさい！」

「アッ、僕なら平気です、もう慣れましたから！」

と言いながら洗面所から出てきた。保は背広とネクタイを椅子の背もたれに掛けるやそのまま腰を降ろした。そこへ濡れた長い髪を器用にタオルでくるんだ千恵が現れた。

「金子さん、お帰りなさい」

「ヨォ、俺なら気にしなくてもいいよ！独身生活を満喫しているところだから」

「母さんが付き合ってあげなさいと言うから話し相手になってあげる」

「そうか、嬉しいね」

と言いながら保は食事にパクついた。体育会の出身らしく出された食事は何んでもうまそうに食べる。

「それはそうと千恵ちゃん今年二十才（はたち）だよなぁ、好きな男性（ひと）できた？」

「何よ、急に！」

「ずっと千恵ちゃんをみていると年頃になったたし、ちょっと心配にもなってきたなぁ」

「エ～、父親みたいなこと言わないでよ。働き始めたらちゃんと考えます！」

「千恵ちゃん、女性はね二十才（はたち）の頃が一番きれいなんだぞ～。俺も千恵ちゃんの花嫁姿を見届けるまで死ねないなぁ」

保と千恵はこれまたたあいのない話で盛り上がった。この時千恵は短大の二年生であった。保が三年前にこの家に来た時は高校二年生になったばかりであった。母親の性格をそのまま受け継ぎ人見知りしない明るい娘（こ）であった。高校のテストが迫ってくると保はよくテスト対策に付き合わされた。まるで兄妹のようであった。また千恵には三才年上の兄善彦がいるが大学卒業したこの春に家を出ていった。千葉にある会社の独身寮で暮らしている。

昌江は娘千恵が明るくて律義な保となんとか結ばれないものかと内心気をもんでいた。

（2）

保は昭和四十二年四月、長崎から上京した。これから発展するであろうマンション建築を学ぶため大都市川崎を職場に選んだ。就職して四年目を迎え仕事が面白くなってきていた。職場には社長をはじめとした一級建築士が三名、保を含めた二級建築士が四名、若手設計士が五名ほかに女性事務員二名が働いていた。保としても上司、仲間からの受けも良く仕事もやり易かった。今の下宿もこの会社の紹介によるものであった。何んでも会社とは長年の付き合いがあるらしく、先輩方の中にもお世話になった方がいた。川崎市内にしては割安な物件であるところが保は気に入っていた。また最近では少なくなっていた賄い付きというのも嬉しかった。部屋は二階の南側六畳間で日当りも良く、遠くには京浜工業地帯の煙突群が見渡せた。溝口近辺はまだまだ畑が散在し、これから住宅地として発展しそうな所であった。

　保の業務はというと、図面作成がメインではあるけれど他にも建築主に対する重要事項の説明、工事現場で監督との打ち合せさらには法令、条例に基づく手続きの代行等がありハードな仕事であった。このような業務をたくさん積み重ねることも一級建築士資格を取得する重要な要件であった。一級建築士の試験は合格率一割とかなり厳しいものである。保もこれに合格するまではと帰宅してからも夜遅くまで机に向った。

（3）

溝口（みぞのくち）は国木田独歩の小説「忘れえぬ人々」に描かれた地であり、霊峰大山（おおやま）への参詣道の宿場として栄えた所である。その影響もあってか下宿の建屋も昔の名残りをとどめ、この界隈ではかなり目立っていた。家主の昌江は戦時中の昭和十九年に二十才（はたち）で善次郎と結婚した。善次郎は旧家の跡取りということで兵役を免除されていた。その後昭和三十五年には舅・姑が相次いで他界した。そこで昌江は屋敷の空部屋を活用するために下宿屋を始めたのだ。長年舅・姑を看てきたこともあって、人を世話することは苦にならなかった。むしろ、明るい性格の昌江はこの仕事にやりがいを感じていた。彼女の道楽と言ってよかった。下宿屋の仕事を始めて五年、軌道に乗り出した昭和四十年、夫善次郎が交通事故で四十六才の若さで他界した。この時昌江は四十一才であった。

この旧家の跡取り息子の善彦は家を継ぐのを嫌がり大学卒業後は出て行くことを宣言していた。当然、結婚しても帰ってくるつもりはない。こんな状況を抱えた昌江は千恵に頼るしかないのであった。何んとしてでも婿を迎えて旧家を支えなくてはと考えていた。千恵の方でも昌江の日頃の言動から家の跡継ぎにしようとしている魂胆は感じとっていた。しかし、敢えて千恵の方からこのことについて言い出すことはなかった。まだ十代だし、先は長い、その時がくれば考えればいいことだと楽観視していた。この家の後継者問題は保が入居する二年前の前家主善次郎が亡くなった時に始まったことは言うまでもない。

（4）

ある日、千恵は昌江に呼ばれた。

「ねぇ千恵、あなた保さんのことどう思っているの？」

「どうって？」

「その気があったらお付き合いしてみない？」

昌江は単刀直入に言ってきた。

「あなたも来年は就職するし、保さんみたいな人はなかなかいないよ」

「エ～、でも六才はちょっと年が離れすぎてない？二～三才位がいいかな、話も合うと思うし」

「若いうちはそう思うけど、結婚してしまえば全然関係ないから。母さんだって父さんとは五才違っていたのよ！」

「ウ～ン」千恵は考え込むような仕草を示した。

「それじゃ、私、金子さんとこの家を出ていってもいいってこと?そしたらこの家はどうなるの?」

「母さんとしては保さんがこの家に入ってくれたら一番嬉しんだけど…」

「エ~、何言ってんのよ母さん、金子さんは設計の仕事に夢を賭けているからとても無理だよ!」

「別に養子に来てくれとは言ってないの、この家で一緒に暮らして貰えばいいの!」

「エ~、そんなことまで考えているの?」

「…、最後は善彦が帰ってきてくれるのが一番いいんだけど…」

昌江は元気なく応えた。

「母さん心配しないで私、この家に来てくれそうな男性(ひと)を探すから!」

それから半月が経ったある日曜日、保は居間で新聞を拡げて寛いでいた。そこへ昌江がやってきて、座卓に向い合って座るや否や保に唐突に問い質した。

「ねぇ~保さん、千恵のことだけど…、どう思ってます?」

昌江の急な問い掛けに保は目を丸くした。

「えっ、何んですか急に！」

「親の口から言うのも変だけど、千恵も結構きれいだし頭も良い方だと思ってます。千恵と付き合ってみる気はない？」

たじろいだ保は新聞をすぐ折りたたんで正視した。

「ちょっと待ってください。確かに千恵ちゃんは明るくて申し分ない女性だと思います。ただ僕にしてみれば年も離れているし妹という感じなんです」

「そうよね～、一緒に暮らしているとそうなるし、もうちょっと時間が必要かもね～」

昌江は元気なく応えた。そして一呼吸おいたところで保がためらいがちに口を開いた。

「それと言い憎いですけど、今付き合い始めたばかりの女性（ひと）がいるんです。これから先どうなるか分かりませんけど…」

突然の昌江の問い掛けに対して保は前後のことは考えず女性がいると口走ってしまった。

「あら、そうなの残念だわ～」

昌江は口惜しそうに言ってきた。しかし、内心ではそう簡単にはあきらめないよといった彼女の強い意思が保には見てとれた。

（5）

保が昌江に告げた女性というのはその場を取り繕って言っただけの人であって実際に付き合っている訳ではなかった。その女性というのは取引先の建設会社で働くO・Lで物件の施工打ち合わせの段取りなどをやってもらっていた。短大卒業してすぐにこの川崎にある会社に入社している。保より一つ年下で愛らしい感じの娘（こ）であった。

彼女の名前は坂本友美（ともみ）、彼女のことを詳しく知りたいのと、日頃お世話になっているお礼として機会をみて食事にでも誘わなくてはと保は日頃から考えていた。ここで昌江から千恵との話が出たのをキッカケに彼女と付き合ってみる行動に出た。

ある日、保は仕事の合間をみて友美に声掛けた。

「ねぇ、坂本さん、ちょっといい？」

呼ばれた友美が近づいて来た。

「なんですか？」

保はすかさず耳打ちした。

「今度の土曜日だけど食事でも一緒にどうですか？」

「えっ、今は勤務中ですからそんな話をしている場合ではありません」

彼女はキッパリと言い返してきた。保は納得して話を続けた。

「じゃ～、仕事が終った頃を見計って電話するよ」

「え～、それも困るんですけど…」

「じゃ～またね」

保は強引に言い残してその場を去って行った。そして夕刻になったところで友美の会社に電話を入れ彼女を呼び出してもらった。先程の用件にためらった様子であったが彼女はなんとか了解してくれた。保は浮き足立った。一方の友美としては仕事上の関係も考慮し付き合ってやるかという興味本位でしかなかった。

約束の日の夕刻、川崎駅近くの路地を入った所にある小じんまりしたイタリア料理店に入った。中はテーブル四つのみでこじんまりとしていた。友美は座ると回りを見渡して切り出してきた。

「可愛いお店ですね、良く来られるのですか？」

「僕も来たのは今日が二回目、南欧らしい雰囲気がすぐに気に入りました」

暫くして食事が届いたところでお互いに気持もほぐれ話に花が咲いた。

「ところで坂本さんはどちらから通っておられます？」

「鎌倉です」

「鎌倉かぁ、良い所ですよね。京都・奈良と並んで歴史を身近に感じられる三大都市ですね。一度、訪（い）ってみたいなぁ」

「そうね、鎌倉時代は坂東武者の怒号や馬のひずめの音がいたるところに鳴り響いていたといいます」

友美は地元の人らしく細かい説明をしてくれた。今度は彼女が訊いてきた。

「金子さんのご実家はどちらですか？」

「九州の長崎です」

保は出身地を訊かれると必ず〝九州〟という言葉を付け加えた。地域を分かりやすくするということもあるが潜在的に他都府県の人とは違う〝九州人〟というところに誇りを持っていた。

「長崎？」九州に馴染みのない友美は怪訝な表情をみせた。すかさず保はフォローした。

「日本の西端にあって、江戸時代の長崎港は日本唯一の貿易港だったんですよ」

「それ位分かります。九州は遠いので訪（い）ったこともありません」

「そうですよね～、九州にも大都市はありますけどこちらの工業地帯に比べたら静かなもんですよ。時間がゆったり流れているような気がします」

「鎌倉も山と海に囲まれ静かですよ。市内にはお寺もたくさんありますので…」

友美はうつむき加減に話してきた。保は彼女の今一つ気乗りしない態度に苛立ちを憶えた。そしてこの日はこのまま終った。実は友美には密かに想いを寄せている男性がいたのだ。そんなこととは知らず保はこの後も二回ほどデートに誘ったがあっさり断わられた。二人は仕事場で顔を合わせても気まずい思いを抱えたまま業務をこなすことになった。最初のデートの日から一ヶ月が過ぎた頃、気落ちしていた保に思いがけなく友美からデートの誘いの電話が入った。あんなに頑なに保の誘いを断っていた彼女が一転して誘ってきたのだ。一体何があったのだろうと大いに不審感を抱きながらも保は当然申し出を受け入れた。

（6）

友美が言ってきた落ち合う場所は横浜港の山下公園であった。最寄駅の関内で十三時に待ち合わせたあと公園までの十五分程の道のりを歩いた。近づくにつれ潮の香りが心地よく感じられた。日本で逸早く近代文明を採り入れた街“横浜”、いやがうえにもロマンチックな気分に保はさせられた。長い一直線の岸壁と平行してきれいな芝生の植込みも長く続く。芝生の上ではカップルが座り込んだり、寝転がったりしていた。保、友美の二人はまばゆい日射しの中を散策しお洒落なベンチに腰掛けては波の音に耳を傾けた。先日食事した時よりずっと雄弁に友美は語りかけてきた。保は前回と全く違う彼女の様子に戸惑った。

陽も陰ってきたところで友美は横浜の歓楽街である伊勢佐木町に保を誘った。関内駅を挟んだ反対側に伊勢佐木町はあった。友美は保に寄り添い腕組みをしてきた。そして、商店街の中ほどに来た所で慣れていないと見落しそうな狭い階段を昇った。昇りきった薄暗くなった所にある扉を開けた。部屋の照明は落とされ壁一面には白熱電球に照らされたカラフルな洋酒ボトルが輝いていた。横浜が西洋と長い付き合いであることを肌で感じさせる。十人掛け位のカウンター内には男性、女性二人のバーテンダーが働いていた。早い時間だったせいか席には背広姿のお洒落な年配男性二人が会話を愉しんでいた。保たちも離れた席に腰を降ろした。〝いらっしゃいませ！〟とスラリとした男性店員が愛想よく声を掛けてきた。場違いな雰囲気に落ち着かない保は友美に恐る恐る尋ねた。

「大人の店ですね、良く来るの？」

「ウ～ン、会社の先輩に誘われて何度か来ました。落ち着いた大人の雰囲気が気に入ったの。一人で来る勇気はなかったのでお誘いしたんです。食事のお礼に…」

友美は棚のボトルを見つめながら話してきた。

「そうですか！じゃまずビールで乾杯しましょう」保はビールをオーダーした。

「友美さんはお酒はいけるんですか？」

「全然だめ！ビールコップ半分で赤くなっちゃうの」

バーに誘ってくる位だから少しは呑める口かなと思っていた保にとって友美の言葉は意外であった。ビールを終えた後、保はジンフィズを、友美はレモンジュースを注文した。

「ウィスキーじゃないんだ？」友美が言ってきた。

「ウィスキーが呑めるほど大人になってないんだな、学生時代から安くて呑みやすいからこれをよく呑んでる。ウィスキーのおいしさが分かるまでもう少し時間がかかりそうだ」

「お待たせしました」ジンとジュースが同時に届いた。すると友美が〝私、初めてだからちょっと呑ませて〟と言ってきた。〝どうぞ〟と保は応えた。神妙な顔で友美はグラスの縁に唇を当てた。横で見入っていた保には彼女の横顔・仕草がやけに艶っぽく映った。

「ワァ〜、おいしい！ジュースみたい」

友美は大きな声で叫んだ、同時に回りの視線がこちらに向いた。すっかり気分もほぐれた彼女は前回の時とは違って饒舌に語りかけてきた。

暫くしたところで友美は酔いが回ってきたらしく目はうつろになり、さらには気持悪くなったとまで言ってきた。慌てた保は介抱しようもなく、その場を精算して友美を抱えながら店を後にした。さわやかなビル風が頬をなでた。すでに日は落ち空には星が輝き始めていた。保はふらつく友美の腰に手を回し密着したままの姿で関内駅へと向った。友美はうつむいたままの姿勢で苦しそうな表情を浮かべていた。途中立ち止まりながらもやっとの思いで駅に着いた。風に当たったせいか友美の意識もハッキリしてきた。

「大丈夫？　…今日は愉しかったよ」

保の言葉に友美は恨めしそうな顔で小さくうなづいた。そして、友美の意識もハッキリしてきたところで二人は電車に乗り込んだ。抱きかかえた格好のままドアにもたれ、言葉を交わすことも無かった。二ツ目の横浜駅で乗り換える友美は“サヨナラ”と言い残して電車を降りた。ホームで立ち止まったまま保を見送るとすぐにベンチにもたれた。時刻はまだ十九時を少し回ったばかりで目の前は人混みであふれていた。そして、懸命に誘ってきた保に思いを馳せると“こんなもんか～”と友美はつぶやいた。一夜を伴にする覚悟であった彼女としては保の〝本気度〟を試したかったのだ。これで保の気持がハッキリ分かったので決別する意思を固めた。実のところ友美自身も現在の彼氏との間でふらついていて保のことを天秤にかけたのであった。

二日後の夕刻、保のデスクに友美から電話が入った。要件は先日のお礼とこれからは私なんかよりもっと素敵な女性と付き合ってくださいという別れの伝言であった。友美のこの有無を言わせぬ申し出に保も気がふさいだ。しかし、保としてもこの事態はある程度予見できていた。と言うのも駅のホームで別れたあの時、彼女の俺に対しての見つめる瞳は俺からの誘いを待っている目だと気付いたのだ。友美に恥をかかせる酷い別れ方をしたことが今もって悔やまれていたのである。男として女性の気持を解さない情けない奴は振られても仕方なかった。保にとって汚点を残すことになったが、これで気持に整理がついたことで仕事に専念できるようになった。こうなって来ると今度は千恵の存在が大きくなってきた。

（7）

千恵は昌江から保に彼女が出来たようだと聞かされて驚いた表情をみせた。「へェ～、そうなんだ」と言いながらも〝なぜ？〟という疑問が沸いてきた。千恵としてみれば保は今仕事で手一杯で、しかも資格試験合格を目指していて他に気を回す様な状態ではないと思っていたからである。とは言っても保も二十六才であり考えてみれば結婚適齢期を迎えて浮いた話があってもちっともおかしな話ではなかった。このことがきっかけとなり、千恵の心にある変化が表れた。二十才（はたち）の学生の身分で親の元でぬくぬくと育ってきた彼女の中に独立・結婚という大人としての身の処し方が真に迫って感じられたのだ。世間的にも女性の二十才（ハタチ）は男と違って立派な女性とみられるのである。また、千恵自身の胸のうちでも〝保の彼女事件〟で保の存在が大きくなってきたのも事実であった。

ある日曜日の午後、保は夕飯の仕度で忙しくしている昌江に付き合った女性のことを包み隠さず告げた。

「おばさん、俺、例の彼女に見事振られました」

「エ～、どうしたのよ？」

昌江は驚いた素振りで言ってきた。しかし、その顔には微かに笑みが見てとれた。

「彼女の方が一枚も二枚も上手（うわて）でしたよ。俺なんか彼女の手の平の上で完全に転がされていました」

「フ～ン、私には何があったのか分からないけど…」

言い終えると昌江は賄いの手を休め急に保に近付き手を取るや否や言って来た。

「それじゃ、千恵とのこともう一度考えてみる訳にはいかないかしら？」

昌江は保の目を見つめて両手諸共強く握りしめてきた。保は昌江の積極的な行動にたじろいだ。保にとって昌江とこんなに間近に触れ合ったのは初めてのことであった。その時、保はなぜか昌江に身体全体を抱きしめられたような感覚に囚われた。昌江もまた我に返った様子ですぐに保の手を離し何事もなかったように家事に戻った。保の手の中には昌江の柔かい手の感触がいつまでも残った。続けて昌江は家事をやりながら切り出した。

「保さん、女っていうのはね男性の方から強く言い寄られると、例え他に想う人がいたとしてもその男性の方に心が傾くもんなのよ。強がりを言っても女というのは所詮男に従って生きるしかないからね」

「……」

さらに言ってきた。

「千恵も今のところ態度には出してませんけど保さん、あなたに強い気持を持ってますよ」

保は無言のまま昌江の話を聞き入った。

「ねぇ、保さん千恵に全く関心がない訳じゃないんでしょう？」

昌江の話し振りはここぞとばかりに強い口調になっていた。

その夜、布団にもぐり込んだ保は昌江の言葉が頭から離れなかった。彼女の穏やかな笑顔と千恵のえくぼのある愛らしい顔が交互に浮かんでくる。なかなか寝付けなかった。その後数日はこんなもやもやした日を過した。そんなある夜、深夜になっても保はいつものように机に向っていた。そして、ちょっと一息入れたところで、ふと昌江のなまめかしい肢体と秘めた表情が目の前に浮かび出た。さらに握り締められた時の手の感触も思い出された。これで完全に集中力を失くした保はあろうことか無性に昌江を抱きたいという衝動にかられた。そして、次の段階では本能に誘(いざな)われるように保は下着の中に手を入れ、自分のものを握りしめた。日頃の何気ない日常生活の中にあって若い千恵より母親の昌江に心奪われていることを保は認識させられた。保にしてみれば二人は母娘(おやこ)であってもそれぞれが全く違う女性であった。昌江の顔がさらに大きくなって浮かぶ。いけないという後ろめたさがより保の心に拍車をかけ、息遣いも荒くなった。そして、熱い思いが全身を駆け抜けた。この夜以降保は重い葛藤と戦いながら普段通りの生活を続けていかなければならなくなった。

(8)

「ただいま!」今日も夜遅くに保は帰って来た。「お帰り!」と言いながら昌江が居間から出て来て保の夕飯を並べてくれた。いつもの日常が戻っていた。ただ保としては昌江と目を合わせることに気恥ずかしさを憶えた。保が食事に取り掛かったところで昌江はテーブルの真向いに座ってきた。意識する対象が間近に現れたことで保にはちょっとした緊張が走った。すぐ様昌江が話しかけてきた。

「ねぇ保さん、どお、考え変わった？千恵もぐずぐずしているのでじれったくてしょうがないのよ！」

「そんなに性急に言われても僕も困りますよ」と保は返した。

「保さんは次男坊でしょう、この家（うち）に入ってもらえると嬉しいんだけど！」

「勿論この話は善彦も了解していて保さんだったらと言ってるんです。保さんも建築士として働いて貰っていいですよ」

昌江の前にも増しての強い口調に保は押されぎみとなった。そして負けじと切り返した。

「おばさんの気持も良く分かります。何れにしろ暫く考えさせてください！」

「それもそうだね、無理強い言ってごめんなさい」

保の中では葛藤は深まるばかりであった。

昌江は生まれも育ちも溝口（みぞのくち）で地元の川崎市立高津高等女学校を卒業していた。良妻賢母を徹底して教え込まれており家事全般から立ち居振舞に至るまでそつがなかった。まさに主婦の鑑であった。戦後の教育で育った保・千恵とは何かひと味人間が違って感じられた。そんな昌江の資質に保は大人として、また女性としての色気を感じていたのだ。一方の千恵の中でも変化が表われ、保のことが兄貴的存在から異性の対象へと変貌してきていた。

（9）

秋を迎えた頃、保も事務所が忙しくなり、また千恵の方でも卒論で慌ただしい日々を送っていた。自然と昌江を含めた三人の間での結婚話も棚上げの状態となっていた。

そんなある土曜日、保は仕事を午前中で切り上げ久し振りに居間でプロ野球をテレビ観戦していた。

「あら、保さん今日は早いのね、本当は忙しいんでしょう？」

昌江は保の近況に触れてきた。

「そうですね、忙くなってきました。横浜・川崎の郊外に土地と建物を物色している法人や個人が増えてきましたね」

「難しいことは分からないわ」

「これから割安な南武線沿線は変わりますよ」

「そうなのぉ、便利になるのは嬉しいけど騒々しくなるのは嫌だわ。ここで生まれて長年この静かな土地に住み慣れてきたからね」

「そんなに心配することはないです。急に変わる訳ではありませんから！十年、二十年かけて少しづつ変わっていくと思います」

さらに保は続けた。

「それにつれてこの下宿にも入居希望者が増えてくるかも知れません。川崎で働く人たちにとって絶好の場所ですから」

それを聞いた昌江は不安な表情をみせた。

「いいえ、下宿人は二人で充分です。私も歳をとりますから増やそうなんて無理です」

とハッキリ言ってきた。さらに
「まぁ、千恵がこの家に残って手伝ってくれるというなら別ですけど……」

と言いながら保の表情を窺った。

千恵は保を意識し始めたことで何か落ち着きがなくなっていた。以前に聞いていた保の彼女のことが気になっていたのだ。

「ねぇお母さん、最近の保さんの様子どうなの？付き合っていた女の人とはもう何もないよね？」

「そう聞いてるよ、前にも言ったじゃない！」

「ウ〜ン」千恵はざわつく気持を落ち着かせたかったのだ。

「あなたものんびり構えてないで行動を起こしたらどお、モタモタしていると保さんに新しい恋人が出来ちゃうよ！」

昌江はけしかける口調で言ってきた。

「私も今は卒論のことで忙しいんだから…」

千恵は反発した。

「じゃ、お母さんが保さんに言っといてあげるよ、千恵のこと宜しくってね」

「やめてよ！私の気持を持て遊ばないで！時がくれば私の方でちゃんとします」

「ア〜、そうだったの、それを聞いてお母さんも安心したわ」

今度は態度を一転させ千恵が昌江に言ってきた。

「それにしてもお母さん、保さんのことになると熱心だね？」

昌江は千恵の思いがけない問い掛けにうろたえた。

「そ、そりゃ娘の幸せを願わない親なんていないでしょう」

昌江の中でも気付かない内に保の存在が大きくなっていたのだ。

（10）

保は保なりに大いに悩んでいた。昌江のことを思わない日はなくなっていた。もし千恵をとれば自分の気持を裏切ることになる。さらには旧家を守ろうとする姑の昌江と一つ屋根の下で暮らすなんて耐えられないことであった。悩みは深まる一方である。そして悩み続けた末、ある思いに到った。いっそのことこの地を離れ九州に帰ってしまうことである。言い換えれば〝この場から逃避すること〟であった。保にとって昌江との決別は辛いことではあるがもはや切実な問題となっていた。もうこれしかないと決断したのだ。そこで問題は現地での働き口をどうするかであった。同じ建築事務所で働く大学時代の先輩や同期を頼るしかなかった。昌江・千恵への説明は先輩からの誘いを断り切れなかったことにしようと決めた。

早速保は空いた日を利用して九州で働く同期達何人かとコンタクトを試みた。やはり、そんなに甘くなく全てあっさりと断わられた。そして、最後の頼みの綱という思いで福岡で働く部活で一緒だった先輩に恐縮しながら電話を入れた。先輩は取り敢えずは話を聞いてくれた。一週間が過ぎた頃その先輩から電話が入った。内容としては女性建築士が近々結婚して来年の春には商社マンのご主人と海外移住することが決まっている。そこで保にその後任としてどうかということであった。保としてはこの上ない申し出で断わる理由など何もなかった。

数日後、保は昌江・千恵の二人を前にして正式に九州に帰ることを伝えた。突然の話に昌江はおもわず声を発した。

「エッ、保さん本当なの？」

二人の顔に〝何故？〟といった表情がハッキリと看てとれた。

「この下宿ではお二人に大変良くして頂き思い出もたくさん出来ました。去るのは寂しいですけど、もう決めました」

さらに来年の三月下旬にはここを立つことも伝えた。

「出て行くなんて言わないで…、ここで三人で暮らしましょう」

昌江の切なる叫びが保の心に響いた。保はいたたまれない気持のまま続けた。

「千恵ちゃん、もう暫くお世話になります」

「何んで急なの？」

千恵は声を詰まらせて言ってきた。そしてすぐに立ち上がると自分の部屋に駆け込んだ。彼女としては保とこの家で暮らしていく夢を描いていただけに受けた衝撃は大きかった。立ち止まったまま手で顔を覆った。

（11）

それ以来、三人のぎこちない生活が続くことになった。秋も深まった頃、思いがけない事件が起きた。もう一人の下宿人である森田が理由（わけ）も告げずに突然下宿から出ていったのだ。驚いた保は昌江に疑問をぶつけた。しかし、彼女は保の方に振り返ることもなく何も聞いていないと応えてきた。十年近くも一緒に暮らしていて理由（わけ）もなく突然去っていくなんて何かあるなと保は勘繰った。実のところ、昌江には人には言えないことがあった。この十日程前に森田に言い寄られ抱きつかれたことがあったのだ。この突然の行為に昌江は声を上げ激しく抵抗した。そして、とっさに〝好きな男性（ひと）がいるからやめてください〟と強い口調で森田を諭した。それを聞いた森田はすぐ様我に帰り冷静さを取り戻した。その想う相手というのが昌江の日頃の言動から保であることを感じとったのであった。そして森田は己の行動を恥じ振り返るや無言のままその場を走り去った。皮肉にも昌江にとってこの瞬間が保をハッキリ意識する大きな引き金となった。そして、この時に森田にとった言動が酷く彼を傷つけ、それが原因で下宿を去ったのだと昌江は確心していた。この半年の間に下宿人二人が出て行くこととなったのだ。この間の事情を知らない千恵は新しい下宿人を早く探さなくてはと呑気に言ってきた。

（12）

昭和四十六年の年が明け、保が出ていく日まで三ヶ月を切ってきた。もはや秒読み段階である。千恵も保のことは吹っ切れたと思っていたがやはりその時が迫るほど落ち着きを失くしてきた。保との別れも運命だと自分に言い聞かせてはいたが簡単には納得できないことであった。いっそのこと保に直接想いをぶつけて私も連れて行ってと頼みこもうかとも考えた。それが仮に成就したとしても母昌江を家に一人残して出て行くなんてとても出来ないことだと悩んだ。善彦がいるにしても頼りにならない兄であることは既に承知していた。

昌江の人生の中で最も大切な思春期の頃は、世の中満州事変、太平洋戦争などの戦事色一色で自由な恋愛など一切出来ない時代であった。最も寂しい青春を過した世代と言えた。結婚相手も当然の如く親同士の話し合いで決められていた。しかし、戦後二十年という大きな節目を迎えようとする頃には日本はオリンピックを開催し、新幹線も開通しさらには高度経済成長の時代を迎えて世の中すっかり変わってしまっていた。そんな日本人自体の主観が激しく変動している時に昌江の前に保が現れたのである。昌江にとって新しい青春が訪れたようで、時代の波を乗り切るには戦前・戦中の考えを捨てなくてはと思った。夫に先立たれたこともあり自分が思う通りに自由に気持を発信して生きて行くべきだと考えるまでになっていた。時代は変わったのだ。昌江はこの世代にはめずらしくショートカットの髪を流行（はやり）の色に染めあげていた。保、昌江、千恵の三人はそれぞれの葛藤を抱えながらも新たな道を模索していた。

（13）

冬の寒さも遠のき春の暖かい日射しが差し込んでくる季節を迎えた。保が下宿を去っていく二日前、朝早くから千恵は荷物の箱詰めを手伝っていた。建築・法律関係の専門書・問題集などが山ほどありそれを整理するだけでも大変な作業であった。千恵は無心になって働いた。するとそこへ昌江が千恵に近付き耳元で囁いた。

「この家のことは忘れていいから何んとしてでも保さんの気持を掴んでおくんだよ！」

と念を押してきた。昌江は自分が出来なかった愛の育みを千恵に体験して欲しかったのだ。

いよいよ引っ越す当日が訪れた。昌江は保・千恵の二人を残して急用が出来たと言って外出してしまった。やがて引越しの業者が到着し大量の荷物が手際よく次々と運び出された。一時間もしないうちに作業は終った。千恵にしてみれば一瞬のでき事に思えた。最後に保の身の回り品を入れた手提げカバンが残るのみとなった。

旅立ちで髪も服装も身ぎれいにした保は千恵に声掛けた。

「千恵ちゃん、長い間お世話になりました。色んなこともあったけど思い出に残る日々を送ることが出来ました。いつまでも忘れないよ。お母さんにも宜しく言っといてね」

保は昌江に別れ際の最後の挨拶が出来なかったことを寂しく思った。すると千恵が保を見つめながらつぶやいてきた。

「本当に行っちゃうのね、また帰って来ることはないの?…」

「……」保は無言のまま千恵から目を逸らした。この気まずい雰囲気に保は話題を変えて来た。

「千恵ちゃん、早く良い男性(ひと)見つけてよ。結婚式の日取り決まったら教えて!駆けつけるから!」

言い終えた保は玄関の土間に向かった。すると突然千恵が後ろから保を強く抱き締めてきた。

「行かないで!」

保は千恵の思いもしなかった行動にたじろいだ。さらに

「私も連れてって!」

と叫んだ。保はその場に立ち尽くし返す言葉がとっさに浮かばなかった。ちょっと間を置いたところで保は千恵の両腕を掴んでほどき向き合った。そこでも千恵は保に身体を預けるようにして、さらに強く抱きしめてきた。保も心が折れそうになった。千恵としてもこの別れる間際になって保を失いたくないという気持がまだあったことに気づいたのだ。恋愛に未熟だった彼女が本当の恋に目覚めた時であった。

「千恵ちゃん、駄目だよ僕はどうしても行かなきゃいけないんだ!」

千恵は保の胸の中で首を横に振り涙ぐんだ。

「分かってくれ！」

保は優しく説得した。〝いや！〟と言っては保を困らせた。二人の抱擁は暫く続いた。そして千恵の昂（たかぶ）りが治まったところで保は千恵の手を両手で包み込むようにして握った。

「じゃ、元気でね」と言いながら保は手を離した。涙に濡れた顔を覆いそのままの姿で千恵は立ちすくんだ。保は土間に降りると振り返ることもなく玄関を出て行った。千恵はたまらず居間に入るや卓上に倒れ込み嗚咽した。石畳の通路を歩く靴音が遠のいていく。続け様に旧家の長屋門の閉じられる音が〝ガタン〟と響き渡った。

（14）

南武線溝ノ口駅へと向う保の心の中には昌江の忘れえぬ面影が鮮明に浮かんでいた。ふと空を見上げると一面が黒い雲に覆いつくされ、かなり怪しい雲行きとなっていた。そこへ突然電光とともに春雷が鳴り響いた。今にも降り出しそうな気配に保は足を速めた。駅の改札口に飛び込むや否や地響にも似た激しい音量とともに篠突く雨が降り出した。それは保にとって丸で溝口（みぞのくち）での出来事を全て洗い流そうとしているように思えた。

一方の昌江は駅近くの二階にあって見通しが利く茶店の窓辺にいた。保の最後の姿を見届けるためであった。昌江の手には既に涙で濡れたハンカチが握りしめられていた。

それから一ヶ月が過ぎた頃、保の元に一通の封書が届いた。そこには森田が年初には自殺していたとあった。遺品の中には宛名の記されていない手紙があったという。

## 著者紹介

**篠塚　昭博**（しのつか　あきひろ）

1950年　佐賀県佐賀市生まれ
1969年3月　佐賀県立佐賀北高等学校卒
1975年3月　長崎大学経済学部経営学科卒
同年4月　三菱銀行入行
　東京・神奈川の支店、本店、本部勤務
2010年9月　銀行退職
埼玉県所沢市在住

# 短編小説集　春雷


2023年6月20日　初版発行

著　者　**篠塚　昭博**

発行所　株式会社　三恵社


〒462-0056 愛知県名古屋市北区中丸町2-24-1
TEL 052 (915) 5211
FAX 052 (915) 5019
URL http://www.sankeisha.com




ISBN978-4-86693-811-0